시가 별들에게

술술샘과 꼬마 시인들이 들려주는 마음의 노래

시가 별들에게

술술샘과 꼬마 시인들이 들려주는 마음의 노래

김현경 그리고 27명의 꼬마 시인

도서
출판 한국문인

들어가며

아이들의 시는 특별한 힘을 가지고 있습니다. 기술이 아니라 마음이기 때문이지요.

이 시집은 저와 27명의 꼬마 시인들의 시를 담았습니다. 우리는 함께 시를 쓰고 낭송을 하면서 '시'의 말에 귀를 기울였습니다. '시'는 무슨 이야기를 들려주었을까요? '시'는 꼬마 시인들에게 어떤 의미가 되었을까요?

꼬마 시인들과 함께한 이 시간이 무척 소중합니다. 수많은 별들이 함께 어울려 더욱 반짝이듯이, 함께해서 더욱 행복한 아이들이길 바랍니다.

나의 별들. 나의 꼬마 시인들.
주위를 행복하게 하는, 깊고 반짝이는 빛을 내길 바랍니다.
진심으로 감사합니다. 그리고 사랑합니다.

2018년 봄
별들의 술술샘 김현경

27명의
꼬마 시인

김신후	영동초	5학년
김지혜	영일초	5학년
김채윤	영일초	5학년
김학규	효원초	5학년
문소윤	영동초	5학년
이정빈	영일초	5학년
박유나	영일초	6학년
박지연	영일초	6학년
소예원	영일초	6학년
송주은	신영초	6학년
임동혁	영일초	6학년
정연우	영일초	6학년
조효준	잠원초	6학년
강수혁	영일중	1학년
김민재	영일중	1학년
김성준	태장중	1학년
김현서	잠원중	1학년
성진수	잠원중	1학년
신지훈	태장중	1학년
유가빈	영일중	1학년
윤형재	영일중	1학년
장보현	ST.PAUL 국제학교	
정윤성	망포중	1학년
최예원	영일중	1학년
최정윤	영일중	1학년
홍승의	영일중	1학년
최서영	영일중	2학년

차례

2부 무지개 마음

3부 햇살 눈부신 날

4부 하얀 울보

5부 좋아서 싸우는 거야

6부　시를 쓰는 행복한 시간

9부 행복의 편지

10부 시가 별들에게

- 지도 방법과 주제에 따라 10부로 나누었습니다.
- 시는 꼬마 시인의 이름 순서로 실었습니다.
- 꼬마 시인이 들려주는 시에 대한 이야기는
  '별이 시에게'에 담았습니다.

1. 별이 시에게

꼬마 시인들의 이야기

시를 쓰는 아이들은 반짝이는 별과 같습니다. 아이들과 함께 시를 쓰고 낭송하는 시간들은 제게 큰 기쁨을 주었지요. 밤하늘의 유난히 빛나는 하나의 반짝임을 발견하는 것처럼요.
1부는 꼬마 시인들에게 가장 특별한 시를 담았습니다. 꼬마 시인들은 '시'에게 어떤 이야기를 들려주고 싶을까요?

가을이 되면

강 수 혁

꽃이 진 자리마다
열매를 키워놓고 기다리는
가을 나무

바다보다 더 깊고
푸르게 되는
가을 하늘

숲과 바람을 흔들다가
나에게 오는
가을바람

가을은 외로워하는
하나의 보석.

★ 별이 시에게

이 시는 저에게 특별한 시입니다.
제가 시를 처음 쓰고 칭찬을 받았습니다.
그래서 그 뒤로 시를 더 열심히 즐기며
쓸 수 있게 되었습니다.

사랑의 힘

김 민 재

사랑은 힘이 있습니다
힘들었던
지쳐있던
마음이 아팠던 날들도
사랑의 힘으로 치유할 수 있습니다

하기 싫었던 일
귀찮았던 일
힘든 일도
사랑의 힘으로
할 수 있습니다

이게 바로
사랑의 힘입니다.

★ 별이 시에게

최근에 한 친구에게 사랑의 힘을 느꼈습니다.
앞으로 저도 이런 사랑의 힘을
나누어 줄 것입니다.

가족

김 성 준

나의 인생의
첫 시작이 된 엄마

같이 있으면
항상 즐거운 아빠

슬플 때는
위로가 되고
기쁠 때는
함께 기쁜 이모

한 순간만
없어져도
어색하고 두려운 동생

우리가 항상
사랑하는 가족.

★ 별이 시에게

가족에 대한 나의 마음이다.
소중한 가족을
자세하게 표현한 것 같아 참 좋다.

공책

김 신 후

나는 가벼웠다
어느 순간 나는 무거워진다
글밥이 너무 많아졌나 봐.

★ 별이 시에게

어느 날 학교에서 책가방에 공책을 넣고 왔습니다.
공책을 거의 다 써가니 처음보다 무거워진 느낌이었습니다.
짧고 간단하지만 재미있고,
내가 말하려던 것이 잘 표현되어 좋았습니다.

언제나 기다린다

김 지 혜

바람에 내 마음을 맡기고
마중 나온 햇빛을 받으며
나만의 빛과 함께 날아간다

뭉실뭉실 넓게 흐르는
은하수와 한 몸 되어
약속한 장소에서 친구를 기다린다

가을은 언제 오는 것일까?

★ 별이 시에게

집 앞 공원에서 가을바람과 함께 이 시를 쓰게 되었습니다.

가을을 기다리는 저의 마음이 잘 전달된 것 같습니다.

이 시를 쓴 후 시인이 되고 싶어졌습니다.

저는 시를 쓰는 선생님이 되고 싶습니다.

돛단배의 꿈

김 채 윤

돛단배의 머나먼 항해
햇살 눈부신 날
귓볼을 출렁출렁 간질이던 바람
숲속에 드니 파랗게 뛰어놀던 하얀 건반처럼
세상의 꿈에서도 말끔히 돛이고 싶다
여름 숲에 여름 한낮에.

★ 별이 시에게

돛단배의 꿈을 생각하며 돛단배의 여행에 대해 써보았다.
독서캠프에서 친구들과 콜라주 기법으로
자르고 붙이며 만든 게 이 시이다. 여러 단어가 모여서
하나의 시가 된다는 것이 참 놀라웠다.
한 여름에 멋진 꿈을 꾼 것 같다.

가을 여행

김 학 규

빨간 옷을 입고
바람을 타며 여행을 한다

빨간 옷을 입은 친구들을
보지 못할 슬픈 나

땅에 떨어져 갈색으로
옷을 갈아입었다

초라한 나지만
다시 나의 빨간 옷을 입고
새 삶을 시작하고 싶다.

★ 별이 시에게

나도 가을의 빨간 단풍잎이 되어 보았다.

단풍잎이 되어 가을을 바라보았다.

외로운 가을은 소중하다.

희망이 가득 담긴 꽃

김 현 서

하얗고 방울처럼 생긴 꽃
꿈이 많아 무거워
은방울꽃들이 고개를 숙이네

은방울꽃
하나하나 희망이 가득 담긴 꿈들

딸랑딸랑 아침 소리가 울리네
하루하루 희망이 대롱대롱 달려있네.

★ 별이 시에게

희망이 많아서 더 예뻐진 은방울꽃들을
상상하면 기분이 좋아진다.
앞으로 하나하나 희망을 모으면 더 커지고
아름다워지는 은방울꽃을 내 마음 속에 담아 놓을 수 있어서
하루하루가 행복하다.

너를 위한 축복

문 소 윤

나는 너를 위해서
모든 것을 할 수 있어

나는 너를 위해서
용기를 낼 수 있어

나는 너를 위해서
아낌없이 줄 수 있어

좋아해
사랑해
언제나 축복 받아.

★ 별이 시에게

단짝 친구와 놀던 기억이 생각났다.
그 친구에게 내 마음을 선물하고 싶다.

가을 하늘 아래 담장

박 유 나

저 위를 올려다보니,
키를 뚫고도 남는 큰 키

툭툭 건드려도 보고
발로 차보기도 한다

하지만
끄떡없는 너

너처럼 클 날이 올까?
내년 가을쯤이면 될까?

담장아,
이제 키를 멈추어 주렴.

★ 별이 시에게

나는 이 시가 제일 마음에 든다.
직접 나가서 실제 모습을 시로 담았기 때문이다.
나는 가을 담장보다 키가 크고 싶다.

푸른 소나무

박 지 연

햇살 받고 자라난
키 큰 너는 기쁨을 향해 커가고
즐거움을 찾아서 자라나는
행복한 아이야

안개가 드리우고
비가 몰아쳐도
꽂꽂이 자라나는
희망의 친구지.

★ 별이 시에게

어두운 소나무 사진을 밝고 희망찬 시로
바꿔서 써서 기억에 남습니다.
또, 항상 사시사철 푸른 소나무를
행복과 희망, 그리고 기쁨으로 나타내서
잘 어울리는 시인 것 같습니다.

봄과 함께

성 진 수

아직 잔설이 녹지 않은 봄 아침
바람소리 파도치는 날

하얀 눈 속에서도
내 마음엔 조금씩
연분홍 꽃을 피우고 있다

봄바람 휘날리며
나비는 하나가 된다

모두 새롭고 소중하여
내가 사는 세상이
일어서는 봄과 함께한다.

★ 별이 시에게

저는 다시 시작하는 의미의 봄을 좋아합니다.
봄에는 동물과 식물, 꽃이 다시 살아나기 시작합니다.
저도 이 시와 함께 다시 시작하겠습니다.

행복꽃

소 예 원

행복을 지니고 있는 동글동글 토끼풀
작고 소소하지만 보면 행복하고
기쁨을 주는 내 친구

무리지어 있는 토끼풀들
행복이 무리지어 있네
너를 보는 순간
행복꽃이 내 마음에서 피어나네.

★ 별이 시에게

이 시는 제가 가장 좋아하는 시입니다.

행복은 '즐겁다'와 '기쁘다'라는 말로

대체할 수 없는 말입니다.

그만큼 제가 가장 행복한 마음에서

이 시를 적었기 때문입니다.

변함없는 나

송 주 은

행복한 계절 가을
가을이 오면
항상 변해야 하는 것인가

다른 나무들은 울긋불긋 물들지만
나는 바뀌지 않는다

단풍나무와 은행나무 사이에서도
나는 나의 미래를 꿈꾼다.

★ 별이 시에게

이 시가 제일 좋다.

왜냐하면 백일장 때 야외에서 쓴 시이기 때문이다.

단풍나무, 은행나무 사이에 있는 소나무에

나를 빗대어 표현하였기 때문이다.

민들레의 꿈 _ 동시조

신 지 훈

풀밭에 민들레가 희망차게 피어있다
사이사이 피어있는 노란 꽃은 태양이다
지금도 넓은 하늘을 날고 싶은 하얀 꽃들

하얀 꽃은 날아간다 바람 타고 저 하늘을
오랫동안 못 이룬 소중한 꿈 같이 간다
지금도 꿈을 향해 날고 있는 민들레 꿈.

★ 별이 시에게

제 꿈을 이루고 싶은 소망을 담은 시입니다.
저를 민들레에 빗대어
꿈을 이루는 모습을 그려보았습니다.
저는 지금도 민들레를 타고 나는 꿈을 꿉니다.

삼각관계

유 가 빈

잔잔한 호수가 있네
호수는 마음속에 산을 담고 있네

호수 위 누워 있는 산
호수의 맘도 몰라주고 편안하게 누워 있네

호수에 비치는 산의 그림자
홀로 호수 안에 있으니 쓸쓸하네.

★ 별이 시에게

우연히 호수와 산,
호수에 비친 산이 들어 있는 사진을 보았다.
이 사진을 보니 사람들의 여러 감정을 느끼게 되었다.
사람을 다른 사물에 빗대어 표현한 작업이 참 재미있었다.

길

윤 형 재

나는 길

아주 작은 길

밟히는 것처럼 보이지만

사람들의 촉감을 느끼네

참새친구들 날아오고

낙엽친구들 떨어지네

나도 움직여서

친구 길과 놀고 싶네.

★ **별이 시에게**
어느 가을 날 우연히 작은 길을 보았습니다.
사람들은 아무렇지도 않게 밟지만
참새와 낙엽은 그 길을 맴돌았습니다.
그 모습을 보고 이 시를 썼습니다.

아기밤

이 정 빈

내 품에 있던 밤은
어디 갔을까?

이 산으로 떼굴떼굴 갔을까?
저 산으로 떼굴떼굴 갔을까?

아기 밤을 찾는 밤 껍질은
아기 밤을 찾느라 가시가 있나 보다

내 품에 있던 아기 밤은
어디 갔을까?

★ **별이 시에게**

이 시는 어느 가을, 떨어진 밤송이의
속이 비어있는 것을 보고 만들어진 시입니다.
'아기 밤'이라는 시를 쓰고 선생님께서
꼬마시인이라는 멋진 별명을 지어주셨습니다.
이 글을 계기로 시 쓰기에 대해 궁금했고,
시를 쓰고 싶게 만든 나의 첫 작품입니다.
저는 지금도 틈틈이 시를 연습하고 있습니다.

가을

임 동 혁

가을 어느 한 날
알록달록 단풍이 보이네

나무에는 풍성한
햇과일이 주렁주렁
나무는 무거워서 잉잉

나는 그것을
맛있게 냠냠
시원하고 배부른 가을.

★ 별이 시에게

이 시는 3학년때 쓴 첫 시이다.
이 시를 통해 내가 시를 좋아하고
잘 쓴다는 것을 알게 됐다.
선생님과 친구들이 나에게 칭찬을 해줬기 때문이다.
시를 쓴다는 것은 나의 휴식이다.
잠시 마음의 평화를 가질 수 있기 때문이다.

파란 하늘을 담다

장 보 현

공허함에 하늘을 보니
아무것도 없네

높은 하늘에
아무나 지나갔으면 좋겠네

파란 하늘에
평화로운 세상을 담는다
나의 꿈을 담는다.

★ 별이 시에게

이 시는 저에게 희망을 주는 시입니다.
가을에 밖에 나갔는데 하늘이 매우 파랗고
아무 것도 없었습니다.
이 공간에 누군가 지나갔으면 하는 마음과,
파란 하늘에 내 꿈을 담아보고 싶었습니다.

하늘의 꽃

정 연 우

어두운 하늘에 아름다운 색깔들
폭우 속에 피어난 꽃

아래는 흐릿하지만
위로 갈수록 색이 선명하다

행복을 향해 달려가는 중인
하늘이 준 선물
무지개.

★ 별이 시에게

행복이란 주제가 참 마음에 들었습니다.
저의 별칭은 무지개입니다.
저도 무지개처럼 행복을 향해 달려가는
사람이 되고 싶습니다.

가을과 손잡고 걸어오다

정 윤 성

가을이 왔다
내가 나타나고
서서히 가을을 싣고 온다

살랑이는 풀들
떨어지는 붉은 단풍잎들

가을이 찾아온다
나도 손잡고 따라온다.

★ 별이 시에게

제가 가장 좋아하는 계절은 가을입니다.

시원한 바람이 저와 손잡고 걸어오는 듯합니다.

가을에 저는 꿈을 꿉니다.

달콤한 사탕

조 효 준

행복은 달콤한 사탕
그 사탕을 먹기 위해
오늘도 힘을 내는 친구들
비로소 함께 먹으면 사탕을 느낀다

사탕의 맛은 각양각색
혼자 먹으면 즐겁고
다 같이 먹으면 기쁜 맛

오늘도 가슴에 새긴다
결과를 통해 사탕을
맛볼 수 있지만
과정을 통해 또 다른
사탕을 먹을 수 있다는 것을…….

★ 별이 시에게

나는 결과보다 과정이 중요하다 생각한다.

그 이유는 시에도 잠시 나왔듯이 결과가 좋든 안 좋든

과정에서 여러 사실들을 알아가고,

하나 더 배울 수 있기 때문이다.

결과가 좋지 않더라도 다음부터는 점점 더 좋아질 것이다.

비구름

최 서 영

비에 씻어 내린
나의 이야기
씻겨져 버린
나의 소중한 추억

또다시 구름이 되어
저 푸른 하늘을 떠돈다

더 많은 것을 가지고
아픈 기억 치유 후
언젠가는 돌아오겠지.

★ 별이 시에게

기억날 듯 나지 않는 소중한 기억…….
그 속에 보이지 않는 아픔도 함께 보내어
새로운 기억을 선물 받는 건 어떨까요?

내 마음처럼 _ 동시조

최 예 원

가지 많은 큰 나무 저 멀리 흐린 산
나무 사이 빛나는 어여쁜 태양
한쪽은 붉은색으로 다른 쪽은 노랑색으로

화난 내 마음 노을 되어 타오르고
때로는 슬프고 가슴이 아플 때
태양이 지나가면 내 마음 어떨까?

★ 별이 시에게

하루에도 수십 번 변하는 나의 마음.
친구의 뾰족한 말에 화가 나다가도
사과 한 마디에 풀어지기도 하고,
엄마의 잔소리에 가슴이 아프다가도
엄마의 환한 웃음에 잊어버리곤 합니다.
이 시는 마음이 힘든 어떤 날 창밖을 보면서 써본 시입니다.

길거리의 가로등

최 정 윤

밤이 되면 매일 보는 길거리의 풍경들
유리 속 갇혀 있는 내 마음 속의 자유

꿈꾸는 유리 속 내 마음은
저 사람처럼 바깥구경 하고 있네
나의 작은 꿈

태양이 되어 전 세계를 여행하네
나의 작지만 큰 꿈.

★ 별이 시에게

이 시를 쓰고 내 마음 속의 갇혀 있는
꿈에 대해 느끼게 되었습니다.
우리가 주변에서 흔히 볼 수 있는 물건들을 보고
그들이 되어 함께 이야기를 나눌 수 있는
시간이 되어 기뻤습니다.

비행기

홍 승 의

꿈과 희망을 싣고 올라가는 비행기
우주까지 올라간다

하얀 연기를 뿜으며
파란 하늘을 향해 올라간다

떠오르는 붉은 태양
비행기에게 아침을 알려준다.

★ 별이 시에게

비행기를 타면 너무나 기분이 좋습니다.

이 시에서 태양이 아침을 알려줍니다.

아침은 희망이 시작되는 때여서 이 시가 좋습니다.

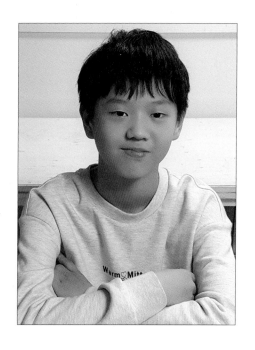

2. 무지개 마음

이미지를 활용한 시 쓰기

내 마음과 비슷한 사진을 한 장 고릅니다. 사진을 눈으로 그리듯 글로 적어봅니다. 어느새 사진 속의 풍경들은 꼬마 시인의 마음이 더하여 한 편의 시가 됩니다.

저녁 바다 위

강 수 혁

해가 져 가고 있을 때

어미새 두 마리는

노을을 향해 날고 있습니다

소중한 사람을 위해서

지친 날개짓 소리를 냅니다

저녁 바다 위를 날며.

우체통

김 성 준

우체통 속에
하얀색 종이
소중한 것이 담겨 있네

친구들과의 대화
가족과의 안부
항상 기다려지는 편지

그 설렘의
시작점이 되는 우체통.

네덜란드

김 신 후

풍차가 바람에 돌면
사람들은 길을 걷고
하늘 위 구름은 누워 있다

튤립은 빙그르르
바람은 우리 마음만 스쳐가고
언덕이 소곤소곤 수다 떤다.

행복한 들판

김 신 후

초록빛 들판 나무 위에
한 꽃잎이 먼저 고개를 내밀었다
다른 꽃잎 가족도 예쁘게 피어났다
하얀 꽃으로 가득해진 행복한 들판

내 마음도 편안한 꽃밭.

목련

김 지 혜

숲속을 밝혀주는 한 줄기의 불빛
불빛 따라 걸어가니
추억의 나무가 보인다

사계절 지나도
여전히 그 자리에 있는 목련
바람을 따라 휘날린다

추억도 바람을 타고
예쁘게 춤을 춘다.

단풍잎의 방울소리

김 채 윤

단풍잎 하얀 속삭임으로
나팔꽃 방울소리 보낸다

주인과 산책할 작은 단풍잎은
나팔꽃 방울소리에 터져 버린다

손수건의 그림자 조각은
단풍잎을 말없이 바라본다.

무지개

김 학 규

전봇대가 철컹철컹

공사를 한다

먹구름에 아름다운

무지개가 떴다

처음 본 무지개.

버드나무

김 현 서

겨울에 내린 하얀 눈
그 위에 발자국이 있네

버드나무는 그 발자국을 보며
외로이 서 있네

이제는 힘들어 고개를 숙인다
마지막으로
한 번만 나를 봐주었으면······.

밤송이

문 소 윤

뾰족뾰족 밤송이
동그란 밤송이

뾰족한 밤 껍데기가
데굴데굴 굴러가면
흙들은 아야 아야

동그란 알밤
껍질 속 탈출하면

밤송이는 홀로 남아
친구를 기다린다.

울타리에서의 짧은 인사

박 유 나

바람 타고 온
하얀 꽃이
울타리에 걸려 있다

파란 바람개비
흰 꽃 보며
수줍게 "안녕" 인사하니

흰 꽃의 볼이
어느 때보다 붉다.

연꽃 속 아기잠자리

박 지 연

진흙 색 연못 속에
활짝 핀 연꽃
분홍 꽃에 안겨 있는
귀여운 아기잠자리
조그만 아기는
엄마 엄마 부른다

외로운 다른 꽃은
얼마나 부러울까?
짝꿍이 없는 세상
얼마나 어두울까?
서로가 마음 나눠야
세상이 밝아지지.

길 잃은 새

성 진 수

푸른 하늘에 어둠이
점점 내려오며
아침이 밤으로 바뀌고 있다

홀로 서 있는 길 잃은 새
주변을 열심히 둘러본다
외로워 친구를 찾고 있다

아침에는 친구들을
찾아 멀리 떠나리.

하얀 갈매기

성 진 수

하얀 갈매기가
푸른 바다에서
우리를 찾는다

희망차고 평화롭게
용기 있고 힘차게
날아다닌다.

자연의 선물

송 주 은

풍차가 빙글빙글 바람에 도니
구름이 뭉게뭉게 하늘에 떠다니고
호수가 출렁출렁 바람에 일렁인다

사람들이 거니는 길은
자연이 주는 또 하나의 선물.

회색 겨울

신 지 훈

회색 겨울 호수 앞
오래된 벤치
그 앞에 하얀 개

돌아올 수 없는 길을 떠난 그녀
하염없이 기다리네

그가 슬퍼하면 버드나무도 슬퍼하네
슬퍼하는 그와 위로하는 버드나무

하얀 개가 그녀를 용서할 때면
하얀 눈이 소리 없이 내리네.

하얀 개

유 가 빈

하얀 눈밭 위
서 있는 하얀 개

주인을 기다리며
애타게 짖으며
허공을 쳐다본다

하얀 하늘 속 희망과…….

첫눈

윤 형 재

겨울이 되자

첫눈이 옵니다

호수 앞 벤치 옆에

한 마리 개가 앉아 있습니다

옆에 있는 버드나무

그늘 만들어 줍니다

내 마음에도 눈이 옵니다.

무지개 마음

이 정 빈

슬프면 감싸주고
기쁘면 나눠주는
반짝반짝 나의 마음

예쁘게 피어나는 무지개
마음에 색색으로 물든다

빛나는 마음이 번져
다른 사람의 마음도 빛난다

행복한 마음
행복한 얼굴.

바깥을 향한 몸부림

장 보 현

어두운 터널에 갇힌 여자아이
밖으로 나가고 싶어 몸부림친다

밖이 보고 싶어
작은 구멍을 찾는다

작은 구멍을 통해
초록빛깔 밤새도록 그리워한다.

태양

장 보 현

느티나무는 오늘도 하늘만 바라본다
복잡함과 침착함을 지니고 있는 태양
어두운 길이 차가운 바닥에 누워있다
자유를 위해 희망을 꿈꿔 볼까?

행복 편지

정 연 우

회색벽 옆에 있는
빨간 우체통

바다에서 창문 통해
날아온 새 한 마리

편지 한 통을 넣고
날아가 버린다

우체통에는 넘쳐난 행복
새가 넣어 준 행복 편지.

마지막 꽃잎

정 연 우

무성한 연잎 사이에
작은 분홍 꽃 한 송이가 피었다

혼자 있는 꽃 한 송이
점점 분홍색을 잃고 있다

금방 떨어질 듯
붙들고 있는 꽃잎 하나
마지막 꽃잎.

폭죽

정 윤 성

밤하늘에 터지는
폭죽

아름답게 터지는
폭죽

모든 색이
조화를 이루며
다 함께 터진다.

한 방울의 의미

최 서 영

빙빙 도는 회전목마 되어
한 자리에 멍하니 서
방황하는 아이

맑고 고운 빗방울
한 방울 떨어뜨려

저 가여운 아이
어지러운 세상 속에서
잠시라도 쉴 수 있도록.

세찬 바람

최 예 원

세찬바람이 불어
나와 같이 큰 나무도
바람에 날아가려고 한다

바람아!
넌 도대체 어디로 가는 거니?
나도 데려가 주렴

너와 같이 날아가면
난 하늘을 구경하다가
어디론가 떠나가겠지

바람 모임에 갈까?
세상을 자유롭게 날아다녀
세계 여행을 할까?

갈매기의 꿈

최 정 윤

붉은 해 밑에
붉은 길이 펼쳐져 있네
쓸쓸하게 하늘을 나는 나

저 바다 넘어
내 고향으로 가고 싶네
바람을 타고 네 품으로.

세상 여행

홍 승 의

푸른색 풀 위에 서 있는 키 큰 나무
언제나 그 장소 변함없이 머물러 있다

뜨겁게 떠오르는 붉은 태양
세상을 모두 보며 여행을 간다

시원하게 흘러가고 있는 강
세상 끝까지 흘러간다.

검은 고양이

홍 승 의

살금살금 걸어가는 검은 고양이
어디 가는 걸까?
쓸쓸하게 주황색 길을 걷네

집으로 돌아가는 검은 고양이
뒤의 그림자와 함께 걸어가네.

3. 햇살 눈부신 날

봄 그리고 여름 이야기

봄, 여름에 관한 단어를 오리고 붙여 시를 씁니다. 콜라주를 활용한 시 창작은 시의 즐거움과 자신감이라는 선물을 줍니다. 분홍 벚꽃, 노란 개나리, 민들레는 아이들을 만나 봄의 꿈을 꿉니다. 돛단배는 여름을 항해하며 한 여름의 추억이 됩니다.

봄의 친구들

강 수 혁

봄바람이 달려와
노란 꽃망울을 흔들며
봄을 부릅니다

햇살의 바다
파도치는 날
하얀 벚꽃이 깨어납니다.

푸른 해안선
봄바람 불 때
꽃 한 송이 활짝 웃습니다.

봄은

강 수 혁

아직 잔설이 녹지 않은
내 마음의 바위틈에
초록싹은 얼굴을 내밉니다

봄은 겨울에도 숨어서
흐르는 물소리를 들으며
나를 키우고 있었습니다

봄은
겨울이 끝났다고 알리는
한 개의 종.

나뭇잎

김 성 준

나무의 외로움에
끝을 알리는
봄의 시작

그 시작은 항상
행복하게 나오는
초록색 나뭇잎

햇빛을 받으며
이슬 묻은 나뭇잎

나무를 외롭지
않게 해주는
따뜻한 나뭇잎.

민들레의 여행

김 신 후

들판에 아기 민들레가 피어난다
그 옆에 지나가던 개미도 있다

어느새 꽃들도 홀씨가 되어
하늘 위로 훨훨 날아가다가
사람들이 들고 있는 솜사탕 속으로
살포시 얼굴을 파묻고 숨는다

그 안에서 나를 만나
나는 민들레와 달콤한 꿈을 꾼다.

햇살 눈부신 날

김 지 혜

문득 잠이 깨니 햇살 눈부신 날
넓고 푸른 바다에서
머나먼 항해를 하는 돛단배

뜨거운 여름 속으로 여행하는 나.

봄이 오는 날엔

김 채 윤

봄이 오는 날에는
봄이 오니 좋다고
꽃들이 저마다 얼굴을 내민다

봄이 오는 날에는
봄 데리러 가는 바람이
허둥지둥 달려간다

오랜만에 오는 봄님 덕분에
숲속에는 웃음이 둥실둥실 떠다닌다.

봄의 종소리

김 채 윤

봄이 봄바람을 데리고
햇살의 보살핌을 받으면
노란 개나리꽃이 일어납니다

나비는 등불을 구경하러
팔랑팔랑 다가옵니다

까치의 꼬옥꼬옥 노랫소리도
봄이 왔다는 걸 알립니다

모두 봄이 온 것을 축하하며
어른 나무 밑으로 모여듭니다.

봄

김 학 규

봄이 오려면 흙의 가슴이
따뜻해지길 기다려야 합니다

흐르는 물소리를 들으며
흩날리는 목련꽃 그늘 아래서
한 아이가 잠을 잡니다

그 옆에선 살구꽃이 등불을 매다니
살구꽃망울이 종을 울립니다

봄이 가면 나비는 눈물이 납니다.

민들레

김 학 규

들판 위에 노란 민들레가
쿨쿨 잔다

봄이 왔다
그제야 민들레는
꽃 봉우리가 활짝 웃었다

민들레홀씨는 어디로 날아갈까?
내 친구 만나러 갈까?

봄이 시작되는 곳, 숲

문 소 윤

따뜻한 봄, 바람이 스쳐가는
행복한 봄

알록달록
봄 친구들 모였네

새싹들도 밖으로
뛰어 나와 신나게 논다

동물들도 마중 나와
"아이 신나~"
나도 같이 놀까?

민들레의 하루

문 소 윤

들판에 민들레가 있다
하얀 민들레 위 작은 씨가
자리 잡고 앉아 있다

풀잎들은
할 이야기가 많은지
재잘거린다

나와 민들레는
봄을 언제나 반가워한다.

봄

송 주 은

꽃가루와 같이
부드러운 푸른 봄의 느낌
봄은 내 마음 속에서 온다

흩날리는 목련꽃 그늘 아래서
잠이 든 사이에 온다

꽃씨 속에 숨어 있는
엄마의 품속처럼 봄이 온다.

봄날

유 가 빈

하얀 눈꽃송이 피어나
가슴이 따뜻해집니다

눈꽃은
봄 같은 마음으로 핍니다

나와 우리 모두의 마음이
봄인가 봅니다.

봄의 끝자락

임 동 혁

피곤에 지친 봄이
꽃망울을 피울 힘이 없어
따뜻해진 흙의 가슴에
평생 묻어둔 햇살로
꽃을 피우네.

봄 한 송이

임 동 혁

봄 꽃 한 송이 피어나
흙 속에 고운 봄의 향기가
은은하게 퍼집니다

울음을 터뜨린 어린 꽃나무를
봄은 엄마의 품속처럼
부드럽게 아이를 살살 달랩니다.

여름 노을

장 보 현

서서히 떨어지는
빨간 해

붉게 변하는
잔잔한 여름 바다

다음 날을 준비하는
희망찬 여름 노을.

벚꽃

정 윤 성

살랑살랑 봄바람
따뜻한 햇살로 다가온다

커다란 나무에 핀
연분홍 벚꽃 잎이 날아간다

벌과 나비가 흩날리는
꽃과 산책을 간다.

봄바람

조 효 준

봄 하늘에 물드는 목련 꽃
나무들도 신이 나서 꽃들과 노래합니다

그 하얀 눈밭은 어디로 갔는지
꽃과 나비들이 빈자리를 채워갑니다

푸른 햇살의 봄 바다는
모두를 따뜻하게 받아들입니다.

새싹

최 정 윤

마음 속 깊이 잠겨있네
나만 알 수 있는 비밀

초록색 우산이 펼쳐져 있네
우산들을 받쳐주는 새싹의 줄기

푸른 꿈들이 곱게곱게 폈네
꿈을 향해 소리치는 내 마음
언젠가는 이루어지길.

4. 하얀 울보

가을 그리고 겨울 이야기

아이들이 집으로 돌아간 뒤, 다시 시를 읽어봅니다. 처음에는
눈에 띄지 않던 시들이 제 마음에 들어옵니다. 바쁜 하루로 돌
아보지 못했던 마음을 다독여 줍니다.

아름다운 가을

김 민 재

가을이 되면
한껏 멋 부리는 가을 나무

한 잎 두 잎 나뭇잎이
알록달록 색동옷으로 갈아입는다

바다보다 더 깊고 푸른
가을 하늘

가을이 되면 예쁘게 치장하는
가을 단풍
난 가을이 좋다.

가을 단풍

김 성 준

샛노란 은행알이 달린 가지에
잎사귀도 노랗게 잘도 익었네

누가 하늘에 색칠해 놨나?
빨간색 물감이 하늘에 번졌다

한껏 멋 부리는 가을 나무
빨갛게 익어가는 나무
잎사귀도 빨갛게 물이 들었네

가을이 되면
나무처럼 빨갛게
익어가는 내 마음.

하얀 눈

김 신 후

자고 일어나니
소복이 쌓인 눈
내 머릿속엔 놀 생각뿐

눈은 정말 요술쟁이
눈처럼 우리 머릿속을
하얗고 깔끔하게 만든다.

코스모스

김 지 혜

노란색 얼굴에
보라색 머리를 가진 코스모스

초롱초롱한 별들은
빛으로 반겨주고

살랑살랑 바람은
따뜻한 마음으로 안아 준다

하루 이틀이 지나도
코스모스의 미소는 사라지지 않는다.

겨울을 위한 준비

김 채 윤

겨울을 준비할 날이 다가와
주황색 옷으로 갈아입은 나
친구들도 추운지 얼굴이 빨개진다

나뭇잎은 하나둘 나를 떠나가고
새들도 남쪽으로 날아가 버린다

겨울이 되면 혼자가 되겠지
외로움을 견디려고 잠을 잔다.

가을

김 학 규

픽! 감이 떨어진다
헉! 아빠는 한 번에 다섯 개

내 동생은 후루룩 후루룩
나는 냠냠 쩝쩝

온 가족과 감을 냠냠
참 즐거운 하루.

가을의 나무의자

김 현 서

길거리에 홀로 남아 있는 나무의자
누군가가 나에게로 와 주었으면
편하게 쉴 수 있게 도와 줄 수 있다면

쌀쌀한 가을
이제 아무도 오지 않는 걸까?
두렵고 외로움만 남은 의자 하나

그때 하늘에서 내려오는 새처럼
나를 만나러 오네
곱게 물든 단풍잎

외롭지 말라고
가을이 나에게 주는 선물인 걸까?

가을 나뭇잎

문 소 윤

가을엔, 가을엔
단풍잎이 살랑살랑
이리저리 날아가다 쿵!
요리조리 날아가다 콩! 콩!

그늘 사이로 나뭇잎
내 머리에 내려앉아
콩콩 뛰며
노래 부르네.

가을 산책길

박 유 나

강아지가 산책하다
나를 타고 올라온다
어라, 왜 나한테만 올라오지?

풀숲 사이의 강아지풀
나를 바라본다
솔방울을 보는 건가?

나는 가을에도
여전히 푸르른 소나무

강아지 친구들아
이 아름다운 가을을
잘 바라봐주렴.

가을밤

성 진 수

숲에서 나뭇잎이
봄과는 달리
자꾸 내려앉는다

한 잎 두 잎
눈을 감고 우는 밤
푸른 가을 하늘
검은색 물감이 번졌다.

가을 벽돌길 위

소 예 원

가을 벽돌길 위에 있는 나
사람들은 그저 밟고만 다닌다

강아지에게 먹힐라
내 가슴은 쿵쾅쿵쾅

바람에 날릴까 봐
끙끙, 낑낑 버티는
가을 벽돌길 위의 낙엽.

가을과 함께

송 주 은

샛노란 우정이 열리는 가을

나뭇잎이 알록달록 물이 들 때

낙엽이 낮은 곳으로 내려앉을 때

가을과 손잡은 나를 말릴 순 없어!

은행나무

신 지 훈

따뜻했던 봄, 여름 다 지나고
가을이 서서히 다가온다

은행나무의 초록 잎들도
하나둘씩 노래지기 시작한다

시간이 흐르고 흘러
은행열매도 하나둘 맺힌다

노랗게 화장한 얼굴에 띠는
엄마의 미소.

가을 아침

유 가 빈

가을 아침
나를 깨우는 바람

햇빛과
눈부신 바람이 있어

나는
오늘도 행복합니다

그대들에게도 무엇을 좀
나눠주고 싶습니다.

가을

윤 형 재

가을 저녁 숲과 바람에도
단풍이 든다

꽃잎이 시들면
가을이 오는 걸까

가을은 마음의 보석을
샛노랗게 다듬는다

한 잎 두 잎 나뭇잎이
툭툭 떨어진다.

가을 나무

임 동 혁

은행나무는 은행잎을
예쁘게 꾸며줍니다
한 두 저녁이 지나자

은행나무는 은행잎을
아래로 내려보냅니다

감나무에 감을
빨갛게 물들입니다
한두 저녁이 지나자

감나무는 감을
사람들에게 나누어 줍니다.

가을 우정

장 보 현

숲과 바람을 흔들다가
이제는 내 앞에 들어와
나를 깨우는 친구

바다보다 더 깊은
우정을 나눈 친구

친구들에게 나누어 줄 것이
많다는 듯이
우정을 전하고 싶습니다.

발자국

장 보 현

쌀쌀한 새벽 흰 눈밭에

한 발자국이 걸어간다

혼자 추위를 떨며 걸어간다

친구를 그리워하는 발자국.

낙엽

정 연 우

푸른 옷에서 빨간 옷으로
갈아입은 나

나무에 대롱대롱 매달려 있네
곧 떨어질 것 같아!

낭떠러지 매달린 낙엽 하나
눈을 꼭 감았다
스르륵 팔랑팔랑

어! 눈을 떠보니
무지개 손 위에 있네.

벤치 아래

정 윤 성

차갑고 하얀 눈밭에

한 마리의 새가 기다린다

햇빛 한 점 없는 벤치 아래에서

그대를 기다린다.

가을의 선물

가을이 되면 치장하는 나무
빨갛게 익어가는 가을 하늘
한껏 멋 부리는 가을

가을밤이 되면 물어보십시오
어딘가에 숨어 있다가
잎사귀를 빨갛게 색칠하는지

예뻐지는 마음의 달빛
그대에게 가을을 선물하고 싶습니다.

하얀 울보

조 효 준

저기 하얀 울보가 오고 있어
가을아 너의 옷에
하얀 눈물 묻기 전에 어서 도망가!

새들아 어서 숨어!
하얀 울보가 곧 하얗게
세상을 물들일 거야

어! 울보가 눈물을 그쳤어!
주위에 꽃들이 놀러오네!

첫눈

최 서 영

날리는 꽃눈 사이로
차가운 바람 맞으며

같은 듯 다른 길로
서로의 길을 찾아
새로운 길을 찾아
헤매어 달리네

아직 아무도
가지 않은 순백의 길로.

가을 손님

최 예 원

바다 내 안에 들어와
차가운 보석처럼 굳어버릴까?
사랑 물결이 흔들흔들

마음의 손님이 찾아 오길래
아침 이슬은 나눠주고 싶다
이 때 마음의 색깔은 빨강

가을 손님이 찾아왔다.

단풍

최 정 윤

잎사귀들이 빨간색으로 변해가니
하나둘씩 뿍뿍 떨어지네
그리고 사라지네

겨울을 준비하나 봐
외롭고 설레기도 하네
내년 봄이 되면 다시 피어나겠지?

내년에 보자 잎사귀들아!
안녕.

가을 속 사랑

최 정 윤

파란색 바다에서 오는

나를 깨우는 바람

눈을 감고 생각합니다

자꾸 생각납니다

마음 속 사랑.

나의 스타

홍 승 의

가을이 되면 알록달록 색동옷으로

예쁘게 치장하는 나무

빨갛게 익어가는 단풍나무

샛노란 은행알 은행나무

한껏 멋 부리는 가을 나무

가을은 나의 마음.

5. 좋아서 싸우는 거야

가족 그리고 친구 이야기

꼬마 시인들을 울고 웃게 하는
가족과 친구에 대한 시를 담았습니다.

어부

강 수 혁

고기잡이배가
고기를 잡기 위해
바다로 나간다

남들에겐 그냥 파란 바다
어부에겐 미궁 속의
금빛 바다

자기 가족을 위하여
힘들 때도 슬플 때도 언제나
힘차게 나간다.

등굣길

강 수 혁

아침에 언제나 걸어가는 이 길
가방을 매고 개나리꽃과 함께
오늘도 가방을 메고 힘차게
이 길로 나섭니다

친구와 함께.

지리산 가는 날

김 성 준

아빠는 언제 오나
동생은 언제 오나

기분이 두근두근
가슴은 콩닥콩닥

4교시야 빨리 와라
엄마도 빨리 와라

지리산은 언제 가나
가슴이 콩닥콩닥.

★ 별이 시에게 _ 초등학교 1학년 때 우리 가족은 지리산 여행을 갔
습니다. 바다가 아닌, 처음 산으로 간 여행이라 설
렜던 마음을 시로 표현했어요.

아기연꽃과 엄마연꽃

김 신 후

분홍색 아기연꽃
한 잎 한 잎 피어난다

연꽃들은 춤추듯이
바람에 흔들흔들

엄마께 혼난 작은 꽃
연잎 밑에 숨는다.

엄마 아빠가 세 명이었으면 좋겠어

김 지 혜

엄마가 세 명이었으면 좋겠어
가짜 한 명은 엄마 대신 일을 해주고
가짜 한 명은 설거지를 하면 얼마나 좋을까?
진짜 엄마 한 명은 나랑 놀면 엄청 좋을 거야

아빠도 세 명이었으면 좋겠어
가짜 한 명은 일을 하고
가짜 한 명은 공부를 하고
진짜 한 명은 지혜랑 놀아주면 얼마나 좋을까?

★별이 시에게 _ 6살 때 쓴 첫 시입니다. 제가 말하는 것을 엄마가
          받아 적어주셨어요. 아기 때 쓴 시가 시집에 실려
          서 참 기뻐요.

선생님은 사물함

김 지 혜

선생님 마음 안에는
소중한 보물이
포근하게 들어 있다

우리 반의 추억 사진
선생님의 옛날이야기
친구들과의 술래잡기

항상 문을 열면 보이는
우리들만의 이야기
오래오래 간직해야지.

★별이 시에게 _ 4학년 때 담임 선생님이신 박수현 선생님.

　　　　일 년 동안 많은 보물을 만들어 주서서 감사합니다.

어느 한적한 시골 마을

김 채 윤

밤새 내린 눈이
발밑에 소복이 쌓여 있다

아기는 추운 줄도 모르고
열심히 눈만 만진다
금세 스르르 잠이 든다

그렇게
새로운 한 해가 조용히 시작된다
어느 한적한 시골 마을에.

★별이 시에게 _ 사랑하는 내 동생 소윤이에게

떡볶이

김 학 규

맵고 매운 떡볶이
너무 매워 입에서 불이 활활

내 동생은 떡볶이 한 번 물 한 번
나는 허겁지겁
매워도 계속 먹고 싶어

가족과 함께 먹으니 행복하다.

좋아서 싸우는 거야

박 유 나

차 안에서 투닥투닥
걸으면서 투닥투닥
집에 와서 투닥투닥

그러다 언니가 사라지면
"언니, 어디 갔어?"

일어나서 아옹다옹
밥 먹으며 아옹다옹
양치하며 아옹다옹

그러다 공포영화 보면
"언니, 같이 자자. 응?"

빨간 꽃

박 지 연

빨간 꽃봉오리에 물방울이 맺히고
꽃봉오리 안에는
작은 아기가 안겨 있다

따뜻한 봄이 찾아오니
꽃봉오리는 자취를 감추고
빨간 꽃 예쁜 꽃은
아름답게 자라난다.

우정

성 진 수

은빛 갈대 사이
꼿꼿하게 서 있는
갈색 나무

옆에 있는
마른 친구

친구를 위해
밝은 햇빛과
흐르는 물을
나누어 준다.

친구

소 예 원

친구가 없을 때에는
내 마음은 잿빛이고

친구가 있을 때에는
내 마음에 행복의 무지개가 생긴다

친구와 함께 있으면
내 마음에 햇빛이 내리쬐고

친구와 싸우게 되면
내 마음에 비가 내린다.

분홍꽃

소예원

엄마를 닮은 예쁜 꽃
나비한테 희생하는 것이
마치 엄마가
나를 사랑하는 것 같아요

꽃의 달콤함을 느끼는 나비
엄마의 달콤함을 느끼는 나
우리는 비슷하지만
나는 엄마의 쓴맛도
함께 느껴요.

우리 할머니

송 주 은

파란 하늘 살펴보며
내 마음 비춰 보네

보고픈 나의 할머니는
으쌰으쌰 일하시네

사랑하는 할머니,
건강하시고 행복하세요.

콩

신 지 훈

처음 태어날 때는
같은 줄기에서 태어났건만

어찌 이리 심히도
볶아대는가

내가 느끼는 이 고통
내 고통의 절반이라도
느끼면 좋겠네.

고깃배

유 가 빈

새벽 바다 위 저 멀리 고깃배에서
일하는 아버지

아이 얼굴을 생각하며
힘든 거 내색 안 하며

아이는 어른이 되고 있는
성장 과정 중

사랑한다는 말 못하고
반항만 하네.

우리 엄마

윤 형 재

우리 엄마는 특급 여전사
집안일도 뚝딱 하시고
가족들도 잘 보살펴주시는
히어로

우리 엄마는 마녀
동생과 싸우면 무섭게 혼내고
늦게 들어오시는 아빠를 혼내는
슈퍼 히어로

하지만
엄마, 사랑해요.

엄마는

이 정 빈

엄마는 내 마음의 쉼터
엄마는 우리 모두의 마음
엄마는 매일 이렇게 말하지
엄마는 널 가장 사랑한단다

엄마는 내 마음의 쉼터
엄마는 우리 모두의 보물 상자
엄마는 매일 이렇게 말하지
엄마는 네가 가장 소중하단다

웃을 때가 제일 예쁜 우리 엄마.

오월 봄

정 연 우

5월 넓은 들판에 우뚝 있는
나무 한 그루와 하얀 꽃
하얀 꽃잎이 하나하나
다 맑은 것 같다
우리 엄마처럼

앗! 그러고 보니
우리 엄마 생신도 5월이다.

빗소리

정 윤 성

눈을 감고 빗소리만 듣는다
머나먼 하늘에서 먹구름과 같이 밀려온다

후두둑
후두둑
빗소리와 함께 비냄새가 난다

빗소리를 들으니
멀리 친구가 생각난다.

동생

최 예 원

나에게 화내고 때리는 내 동생
짜증내고 양보도 안하는 심술쟁이

하지만 때로는 나의 도우미
힘들고 지칠 때 위로해 주고
움직이기 귀찮을 때 도움을 주는 동생

친구들이 예쁘다 귀엽다 하면
내 어깨는 들썩들썩

사랑하는 내 동생.

6. 시를 쓰는 행복한 시간

꼬마 시인들과 함께한 술술샘 백일장

하늘이 파랑고 단풍잎이 붉게 물든 날, 아이들과 공원에 나갑니
다. 아이들은 행복한 낙엽이 되었다가 외로운 가로등이 되기도
하고요. 가을을 데리고 오는 요술쟁이 바람이 되기도 하지요.
우리는 가을과 이야기를 나누며 한 뼘 더 성장합니다.

술술쌤

강 수 혁

항상 파마머리를 하고
안경을 쓰신 선생님

언제나 "꿈을 펼쳐라" 하며
우리에게 잘 가르쳐 주시는 선생님

어쩌면 선생님은
가을이 열매를
잘 익게 해주는 것처럼

우리의 글쓰기 능력을
잘 익게 해주는
가을이 되고 싶은 것일지도 모른다

우리에게는 든든한 버팀목 선생님
자신에게는 가을이 되고 싶어 하는 선생님.

반항

김 민 재

봄, 여름이 지나고 가을이 왔네
가을 알리는 바람 오네

약한 나무 바람에 못 이겨
옷 먼저 갈아입고
강한 나무 바람에 이기려 하며
옷 안 갈아입겠다니

아직 가을이 아닌가 보네
아직 가을은 안 왔나 보네.

나무

김 성 준

내 주위에 있는
20년씩 묵은 소나무
가을이 되어 할 일을 한다

낙엽 덕분에
사진 찍히고
눈도 호강시켜 준다

늘 변하지 않는
언제나 좋은 친구.

네 잎 클로버

김 지 혜

사람들과 풀들이
종알종알 떠드네

친구가 되고 싶어서
행복을 가지고 싶어서
소원을 비네

한 잎은 친구에게
두 잎은 가족에게
세 잎은 사랑으로

또 마지막 마음은…….

나의 이름은

김 채 윤

낮이든 밤이든 하늘에서 산다
어디에서나 어울리지
하늘이랑도 비행기랑도
나무랑 같이 있어도 어울린다
혼자 있어도 아주 예뻐.
내가 누굴까?

솔방울

김 현 서

떨어지면 낭떠러지
떨어지지 않으려
나뭇가지를 꽉 잡고 있다

떨어지면 안 돼
나 혼자 외톨이가 되긴 싫어
들키지 않으려 나뭇잎에 숨어 있다

지금은 겨울이라
바람에 휘날린다

마음은 조마조마
그래도 마지막까지
떨어지지 않을 거야.

나의 여행

문 소 윤

나는 나무에 대롱대롱
매달려 있다

친구들과 나뭇가지에
맞으며 떨어진 나

바람이 불자 난 다른 세상으로
날아가다 바닥에 부딪혔다

다행히 빨간 나를
밟지 않았다.

매미의 노래

소 예 원

가을이 시작할 무렵,
우리는 늘 우리만의 노래를 부른다
여름이 끝나고
선선한 가을이 온다는 노래를

가을이 온다네, 맴맴맴
가을이 온다네, 우리에게
행복이 온다네, 나에게
우리들의 노래, 랄랄라.

흔들리는 마음

송 주 은

나무가 바람에 흔들리니
내 마음도 바람처럼 흔들린다

나무가 울긋불긋 물드니
내 마음도 울긋불긋 물든다

나무야,
나의 흔들리는 마음을 잡아줘.

공원

신 지 훈

봄에는 따뜻하게
여름에는 재미나게
가을에는 시원하게
겨울에는 아름답게

어떤 사람들에게는 쉼터
어떤 사람들에게는 놀이터

우리 곁의 친구
우리 곁의 가족
우리의 추억이 머무는 곳.

강아지

박 지 연

훨훨 날아가는 낙엽
나의 시선을 뺏어간다

이리 팔짝 조리 팔짝
주인님, 얼른 와보세요

다다닥 잡았다!
요 녀석, 넌 누구냐?

주인님의 말로는
가을의 냄새란다

그 냄새 머릿속에
꼭 저장해야지.

텅 빈 가을 하늘

임 동 혁

친한 친구들이 놀다가
헤어지기 힘들듯이

단풍나무와 하늘 떼어놓기 힘드네
단풍나무와 하늘 천생연분 단짝이네

친한 친구들 중
한 명 없으면 외롭듯이

단풍나무가 없으면 가을 하늘 외롭고
가을하늘 없으면 단풍나무 외롭네.

단풍잎

성 진 수

때로는 사람들이 나를 잡으려고도 해
높은 곳에서 떨어질 때에는 마음이 아파

사람들에게 밟힐 때도 있어
사람들에게 차일 때도 있어
하지만 붉게 변한 예쁜 나

다음 생을 꿈꾼다.

샬롯의 거미줄

유 가 빈

두 나무 사이
연결된 두 줄

거미줄을 보니
샬롯을 부르네

하지만
공허한 거미줄

거미야, 돌아와서
자연에 몸을 맡기렴.

• 샬롯 _ 엘윈 브룩스 화이트의 장편 소설 〈샬롯의 거미줄〉에
　　　나오는 거미

배려

윤 형 재

배려란 무엇일까

글을 쓰려는 친구들을 위해
연필을 갖다 주는 것

소나무에 매달려 있는 솔잎을
잡고 싶은 아이를 위해
소나무 줄기를 살짝 내려주는 것

그 모습을 보신 선생님께서
사진 찍기 좋게 미소를 짓는 것

부모님 힘들지 말라고
집안일 도와드리는 것

잔잔한 호수에 떨어진 나뭇가지
귀여운 아기새 지켜주는 것.

세 잎 클로버

정 연 우

햇빛 한 줌도 들지 않는
어두침침한 바위 뒤에서
힘들게 자라난
조그만 세 잎 클로버

어려운 환경에서도
포기하지 않는
행복 한 잎

꿋꿋이 자라나고
힘들어도 노력하는
행복 두 잎

모두에게 행복을 주고
희망 주는
행복 세 잎

나무

정 윤 성

크고 작은 나무들
신선한 공기가 마음속까지
상쾌해진다

나무는 또 다른 휴식터
바람을 타고 살랑살랑
움직인다

내 마음도 그 곳에서
쉬어간다.

붉은 친구들

조 효 준

부스럭 부스럭
나와 같이 사람들과 놀고 있는
내 붉은 친구들
술래잡기를 하고 있네

휘이잉 휘이잉
나랑 바람과 붉은 친구들
같이 하늘 위를 걷고 있네

후두둑 후두둑
어! 새로운 붉은 친구들이 생겼네
이제 무슨 놀이를 할까?

지혜를 배우는 아이들

조 효 준

오늘은 즐거운 날
우리들의 감성을 드러내는
즐거운 날

오늘은 행복한 날
우리들에 대해 한 번 돌이켜 보는
행복한 날

오늘은 기뻐해야 할 날
나와 주변 환경을 포함한
삶의 지혜를 배울
낭만적인 날

오늘은 좋은 날
앞으로 모든 일을
지혜롭게 해결하게 해줄
감사한 날.

작은 풀꽃

최 서 영

돌과 보도블럭 사이로 고개 내밀고
항상 이곳을 지나는 아이를 기다린다

하지만 그 아이도 날 보지 못하고 듣지 못한다
힘든 시간을 뚫고 거센 바람 맞서며
아이만을 기다려 왔다

아이가 이곳을 바라본다
날 본 걸까? 내심 기대했지만
두려움이 앞선다

마지막 기회.

벽돌

네모 같고 하얀 나
사람들이 터벅터벅
내 머리 위를 지나간다

혼자 있으면
볼품없고 쓰레기 같지만
친구들과 함께 있으면
흙이 더 단단하다

세월이 지나면
나의 하얀 색깔이 바뀌겠지?
하지만 그때도 내 마음은
변함없을 거야.

희망이 있는 조약돌

홍승의

언제나 발에 차인다
아무 이유 없이 차인다
그러다 데굴데굴 굴러가다가
잘게 부서져 모래가 되겠지?
모래가 되면 바람에 날아가
어디든지 여행을 할 수가 있다
하지만 계속 차이고 싶지는 않다

언젠가 차이지 않겠지?

7. 달리는 바람개비

동시조

바람개비와 민들레의 사진 한 장만 있어도 재미있는 시조놀이
를 할 수 있습니다. 단어를 채집하고, 그 단어들을 엮어 초장, 중
장, 종장으로 만든 후, 3음보를 몸으로 익혀봅니다. 같은 시제로
아이들은 다른 꿈을 꿉니다.
아이들의 시로 태어난 바람개비는 더 빙글빙글 돌고, 민들레는
햇살에 더욱 빛납니다

바람개비의 꿈

김 신 후

바람개비 빙글빙글 풍차처럼 돌아간다
바람아, 바람아, 계속 계속 돌려라
바람은 알록달록한 바람개비 좋아한다

바람개비 말한다 "여기에서 나갈래"
한 개의 바람개비 조심조심 탈출한다
바람은 바람개비를 태워서 날아간다.

사랑아

김 지 혜

바람이 걸어오면 피어나는 바람개비
파란하늘 아래에 웃음꽃이 올라온다
사랑아! 나에게 오렴 나와 함께 날아가자.

마른 줄기

김 채 윤

어느 날 누군가 꺾어간 내 줄기
친구들은 파릇파릇 예쁜 줄기 피우는데
내 줄기 말라 비틀어 갈색으로 변해 갔다

누군가 안 뜯으면 더 크게 자랄 텐데
소중한 이파리 아름답게 더 클 텐데
다음엔 친구들처럼 파릇파릇 살 수 있나?

신 나는 바람개비 친구들

김 채 윤

초록노랑 바람개비 춤추면서 돌아간다
하하호호 즐거운 바람개비 친구들
신 나는 바람개비반 아이들의 웃음소리.

달리는 바람개비

김 학 규

초록색 바람개비
바람 타며 달린다

바람개비 친구들
너도나도 달린다

행복한 초록 바람개비
달리다 내 집에 콩.

엄마의 푸른 들판

김 현 서

푸른 들판 꽃송이
송이송이 피었네

언제나 나만을
지켜주는 엄마처럼

엄마의 따뜻한 들판
자라나는 내 마음.

여러 색깔 바람개비

문 소 윤

바람개비 바람에 빙글빙글 돌아간다
하양, 빨강, 초록, 노랑 여러 가지 색깔 있네
제일 긴 바람개비는 좋다고 시끌시끌

초록, 노랑 바람개비 재미있게 노래하고
하양, 빨강 바람개비 신나게 춤춘다
우리도 밴드를 한번 만들면 어떨까?

무지개 친구

박 유 나

어둠 속 연하게 그려진 무지개
친구처럼 나타난 따스한 햇빛
누군가는 무지개 같은 친구를 기다리겠지

자석처럼 붙어 있는 무지개와 햇빛
붙어서 붙어서 무엇이 될까?
마음 속 사랑스러운 무지개친구 만들겠지.

친구 찾는 나무

소 예 원

하얀 눈밭에 발자국
하나 찍혀 있다

겨울나무가
외롭게 서 있다

마치 친구를
찾고 있는 것처럼…….

바람 따라

송 주 은

하늘 보며 바람을
기다리는 바람개비

하늘에게 바람 한 번
불어 달라 재촉한다

바람이 불자 바람개비들
빙글빙글 뱅글뱅글.

봄바람

이 정 빈

봄이 오면 바람개비 뱅뱅뱅 돌아가네
아이들의 입고름이 바람처럼 올라가네
우정이 가득한 마을 산들산들 봄바람.

하얀 솜사탕

정 연 우

노란 들판에 하얀
솜사탕이 피었다

기다란 막대에
솜사탕이 훨훨 난다

더 멀리 바람에 안겨
하늘로 날아간 씨앗들.

나무와 하얀 꽃

정 윤 성

가늘고 작은 나무에
하얀 꽃이 피어 있다

화려한 꽃 예쁜 나무에
살포시 앉아 있다

하얀 꽃 건네는 말
우리는 친구.

사랑의 편지

최 서 영

사랑의 우체통으로 날아오는 편지 한 통
바다 한쪽 섬에서 배달된 비밀들은
자신을 보고 찾아온 행복을 바라본다

빨간 꽃이 피어있는 마법의 담벼락
창틀 위 선인장에 떨어지는 꽃잎은
편지를 보내는 아이 기다림의 눈물일까?

민들레

최 정 윤

들판에 민들레가 노을처럼 피었네
샤방샤방 노란 꿈이 곱게곱게 피었네
하얀 씨 저 하늘 위로 자유롭게 날아가네.

8. 최초의 비행

꿈 그리고 희망 이야기

아이들의 시에는 꿈이 있습니다. 그리고 희망을 노래합니다. 그
래서 더욱 특별합니다.
20년 뒤의 꼬마 시인들은 어떤 모습으로 성장해 있을까요?

행복 바이러스

김 민 재

들판에 서 있는 한 여자아이
민들레를 들고 있다

셋
둘
하나

민들레 씨가 날아간다
민들레 씨는 행복 바이러스

들판에 서 있는 한 여자아이
주위는 행복 바이러스에
감염됐다

지금 우리도 행복 바이러스에
감염됐다.

에메랄드빛 바다

김 민 재

바다는 넓어
아주 넓지
바다는 우리의 용기

우리의 용기는
들어왔다
나갔다 하지

밀물 땐 용감해지고
썰물 땐 겁이 나지

밀물만 올 순 없나?
바다는 우리의 용기.

꿈

김 성 준

꿈은
더 높은 하늘이다

도전 정신은
이미 하늘을 높이 날아올라

날개의 아버지는
세계의 정상에 도달하였다

인류는
하늘의 끝을 보았다.

마법

김 지 혜

바람이 불어와
마법처럼 봄을 만든다

겨울 나뭇가지에
바람의 손길이 닿아
꽃이 피었다

나도 엄마의 손길이 닿아
마법처럼 자란다.

반장 선거

박유나

내 이름을 쓸까 말까

내 마음이 몹시
흔들렸다.

통일 영웅, 왕건

박 지 연

거대한 나무 한가운데 붉은 노을처럼
최고의 자리에 오르기까지
많은 시간을 노력했네

모든 사람이 바라보는
아름다운 노을이 된
위대하고 너그러운 통일 영웅.

해바라기

성 진 수

저 멀리 밝은 해
나를 보고 웃습니다

내 마음을 아는지
내 마음을 모르는지
웃어줍니다

노란 해바라기
오늘도 해만
열심히 봅니다.

찬란한 이슬

소 예 원

호족의 아들로 태어나
백성의 마음을 얻어
고려라는 새 새싹으로
신라라는 잎을 뚫고 간
위대한 우리의 영웅

그가 없었다면,
지금 우리 있을 수 있을까
잎 위의 찬란한 이슬은
영원히 없어지지 않으리.

• '왕건'을 읽고

꿈을 향해

소 예 원

바다처럼 푸른색이 감돌고
구름이 부드럽게 흐른다

우아하게 이슬을 마시는
하늘을 나는 푸른 학

꿈을 향해 더 높이 날아가렴.

바람

신 지 훈

민들레의 오랜 꿈
사람들의 소망
모아 이뤄주는 바람

아이들의 즐거움
비눗방울에 담아
날려주는 바람

우리의 소망
우리의 꿈
우리의 즐거움

모두 바람과
함께 추억이 되네.

나

신 지 훈

불가능에 도전하는 나

더 높은 목적지를 향해

점점 더 높은 곳을 향해 가는 나

우주를 정복한 나

앞으로도 계속 발전해 나갈 나.

마지막처럼

유 가 빈

나는
언제나 마지막처럼

일을 하고
공부를 하고
하루를 마친다

나의 마지막은
언제 올지 모르니

항상 마지막처럼
마지막처럼.

무한 Infinity

윤 형 재

나는 불가능에 도전하는 슈퍼맨

두 팔을 자연스럽게 벌리고

하늘을 날아

끝없는 시련의 연속은

곧 끝없는 도전의 연속

오늘도 우주에 도달할 때까지

날아라 슈퍼맨.

연필이 춤추는 시간

이 정 빈

분주한 발걸음이 작은 방에 모인다
재잘거리는 친구들이 작은 입을 모은다

안경 너머 예쁜 눈이 별처럼 빛난다
동그래진 나의 눈은 생글생글

우리의 눈빛은 책 속으로 향한다
책 속 글씨들아 힌트를 줘!

아하! 우리 모두의 눈빛이 반짝
망설임 없이 모두의 연필이 춤을 춘다.

★별이 시에게 _ 작은 꿈을 큰 꿈으로 만들어주시는 김현경 선생님께
드립니다.

지난밤 나의 꿈

이 정 빈

행복한 꿈과 모험의 꿈이 모여
저마다 주인을 찾는 소리를 내니

신비한 빛을 내는 꿈 조각들
반딧불이처럼 날아와
커다란 나무에 앉는다

채집망에 소중히 담아 온
황금빛을 내는 커다란 꿈은
지난밤 나의 꿈

유리병에 조심히 담아 온
별빛 소리를 내는 멋진 꿈은
오늘 내가 꾸는 꿈.

• The BFG 영화를 보고

폭죽

장 보 현

하늘 위로 올라가는 꽃들
분홍색의 예쁜 꽃들
하늘을 아름답게 만들어 준다

하늘을 향해 펼쳐지는 나의 희망.

불꽃

정 연 우

깜깜한 밤하늘에
수많은 불꽃들

그중 하나가
포기하지 않고
가장 높게 올라간다

최고의 자리에서
가장 크게 퍼지는 불꽃
포기하지 않는 나의 열정.

꿀벌

정 윤 성

꿀을 찾아 헤매는 꿀벌
연분홍 꽃 속에 들어가
휴식을 취한다

윙윙 바쁘게
또 다른 노란 쉼터를 찾는다.

최초의 비행

새처럼 하늘을 날고 싶어
날개를 자연스럽게 벌리고
더 높은 곳을 향한 비행 준비

하늘에 더 가까이 가
더 높은 하늘에 달린
꿈
이상
희망을 가져온다.

232 _ 시가 별들에게

바다 위

최 서 영

나는 눈을 감고
차가운 물결과 바람이 손잡는
눈부신 바다를 상상한다

흰 돛단배 타고
저 바다를 항해하는 꿈을
아직도 가끔 꾸곤 한다

바람과 친구가 되어
바다를 날아가는 꿈을.

꿈에 도전하는 사람

최 예 원

우주를 넘어서는 그 재능
그 도전을 이끌어낸 용기와 끈기

겁 없는 태양의 시간
이루기 힘든 꿈이었다

꿈 이야기 그 신화
도전정신을 가지고 높은 곳을 본다.

비눗방울

최 정 윤

꿈을 실은 비눗방울이 위로 올라갑니다
내 마음속 꿈들이 점점 올라갑니다
높이높이 가다가 하나씩 하나씩 터집니다
나의 꿈이 이루어지길 바라며
나는 오늘도 비눗방울을 봅니다

이루어지는 내 꿈들…….

9. 행복의 편지

꼬마 시인들의 마지막 인사

시를 쓰는 시간은 내 마음을 들여다보는 시간입니다.
마음을 열고 사물을 바라보면 모두 시의 소재가 될 수 있습니다. 9부에서는 꼬마 시인들의 다양한 생각을 담은 시를 모았습니다.

외롭지 않고 싶어

김 민 재

추운 날에 혼자 있는 강아지
친구를 원하는 걸까?

추운 날에 둘이 있는 강아지
혼자 있는 강아지를 부른다

추운 날에 셋이 있는 강아지
함께하니 기분이 좋은 걸까?

셋이 있으면 겨울도 봄이 되네
셋이 있으면 외롭지 않네.

그 이야기

김 민 재

안개 깔린 바다에서
주위에 아무것도 없는 바다에서
단둘이 배에 앉아 그 이야기를 한다

바다는 그 이야기를 들으려
잠잠해지고
물고기들이 그 이야기를 들으려
머리를 물 밖으로 내민다

이야기가 끝나면 물고기가 내려가고
파도가 다시 출렁거린다.

솜사탕

김 신 후

입에 넣으면
사르르 녹는 기쁨 하나

냄새를 맡으면
향긋한 기쁨 하나

보면 기분이 좋아지는
거대한 솜뭉치

내 이름은 솜사탕.

풀꽃

김 지 혜

정성스럽게
하나하나
달려 있는
예쁜 풀꽃

살랑살랑
예쁜 풀잎들이
모인 무도회장

라라라
노래 부르자.

연꽃잎의 보물

김 현 서

연꽃잎의 작은 보물
언제나 수줍어
연꽃잎 사이에 숨네

연꽃잎의 보물
아담한 분홍색 연꽃
세상을 보고 싶어 하는
아기연꽃.

장미

문 소 윤

새벽에 이슬 먹고 피어난
장미꽃 향기 맡으면
달콤한 컵케이크가 생각나

새빨간 꽃잎 보면
하트가 생각나

사랑하는 가족에게
백 송이 선물하고 싶어.

바다의 일상

박 유 나

하늘 구름 떠다니면
내 마음도 일렁인다

저 멀리 갈매기 떼 날아들면
파도 소리 철벅철벅

사람들이 쳐다보면
기분 좋아 초록빛깔.

푸른 청자, 고려청자

박 지 연

푸른빛의 하늘에
떠다니는 구름과 학들

나의 어깨같이
널리 알려진 이름

그윽한 푸른빛을
꼭 담고 있는 청자
고려청자.

자연

성 진 수

풍차가 바람과 놀고 있고

맑은 하늘에는 구름이 돌아다닌다

언덕에 구름이 쉬어간다

구름이 땅을 바라보니

바다가 나에게 미소 짓고 있다.

보석

신 지 훈

반짝반짝 빛나는 것 무엇일까?

한 잎 두 잎 깎고 다듬어

바다보다 더 깊고

하늘보다 더 높은

마음의 보석.

소녀의 그림자

유 가 빈

회색빛 공원 속
길 잃은 소녀

수많은 그림자 속
작은 그림자

그림자를 따라가네
목적지에 도달하고픈 마음과 함께.

동해안

윤 형 재

새벽에 일어나
근처 동해안 바닷가에서
고기를 잡네

힘겨운 일이 끝나고
몸은 힘들지만
마음은 하늘을 뛰어 노네

파도가 출렁출렁
바람이 쌩쌩
갈매기가 끼룩끼룩
즐거운 동해안

신선한 명태들도
어부를 만나고 싶어
동해안 주변에서
뛰어다니는 걸까.

간식타임

이 정 빈

밀가루로 만들어진 나의 살
여러 가지 채소와 고기로 만든 나의 소
선생님이 주시니 더욱 맛있는 나

여러 아이들이 다가오고,
친구들이 자기 먼저 먹어달라고 조른다
한 명씩 입 속으로 들어가고
내 차례가 오자 나도 먹힌다

나는 어떤 모험을 하게 될까?

팽이 시합

이 정 빈

Three two one 고! 슛!
힘껏 잡아당겨진 팽이는
회오리처럼 돌아가고
내 눈도 같이 따라간다

거친 날개가 서로를 부딪히며
요란하게 흔들린다
내 마음도 모른 채 몸이 부서지고
울그락 불그락 내 기분도 부서진다.

하늘빨래

이 정 빈

마스크 속 답답한 내 입이 바짝바짝
눈 감은 듯 앞이 보이지 않는 까만 하늘
빨래할 수 있다면 얼마나 좋을까?

까만 하늘 욕조에 넣고 빨래하니
조금씩 조금씩 먼지가 사라지고
뽀얀 거품으로 만든 하얀 구름이 보인다

숨어 있던 햇님도 방긋 웃으며 인사하고
답답했던 내 마음도 시원해진다.

너와 나의 신경전

임 동 혁

"네 차례야"
딱! 딱! 딱지 치는 소리가 난다

숨죽이며 친구와 나의
순서 싸움

딱딱
넘어가지는 않는다

무기 없는 전쟁.

고려청자

정 연 우

영롱한 푸른빛
하늘에서 학이 날고
구름이 떠다닌다

도도하고 우아하게
화려하고 다채로운 멋

푸른 아름다움을
품고 있는 하늘 하나.

색동저고리

조 효 준

아름다운 색동저고리
무지개처럼 알록달록하고
해처럼 밝은 색동저고리

어느 색 하나 없으면
섭섭한 색동저고리
모두가 모여 있어서
아름다운 색동저고리

우리도 다 같이 색동저고리
만들어볼까?

오는 길

최 서 영

봄은 도화지에 꽃잎을 뿌리고
밤하늘을 수놓은 별을 만든다

물방울 소리만 귓가를 맴돌고
여름은 봄이 지나간 자리에
꽃잎을 살며시 펼친다

가을은 꽃이 떨어진 자리로
서서히 밀려온다

낙엽이 한 잎 두 잎
푸른 하늘 색칠해
겨울을 부르는 노을을 물들인다.

일상

최 예 원

똑똑똑
내 일상에 찾아오는
손님은 공부

헉헉
손님이 놓고 간 커다란
선물은 숙제

어쩌다
손님이 오지 않으면
내 마음은 불안한 빈 종이

날마다 찾아오는 손님
매일 반복되는 내 일상
그 일상이 나의 꿈을 채운다.

행복의 편지

홍 승 의

하얀 편지를 입에 물고 있는 노란 새
사람들에게 행복과 사랑을 나눠준다

갈색 창문 밖에는 푸른 바다
바다에 하얀색 돛단배 떠 있다

돛단배에 있는 사람들은
오늘도 편지를 기다린다.

10. 시가 별들에게

별들의 술술샘 이야기

'시'가 무엇인지도 모르던 꼬맹이들이 처음 '시'라는 것을 썼을
때의 그 반짝임이 아직도 생생합니다.
시가 저에게 친구가 되어 주었듯이, 시는 날아가 나의 별들에게
친구가 되어 줄 것입니다.

연꽃

김 현 경

하늘과 얼굴을 마주했을 때
초록 날개를 펼쳤다

하늘을 만날 수는 있을까?
막연한 두려움 사이로
조금씩 조금씩 자라나
세상은 초록빛, 하얀 점.
별보다 반짝이는 희망이었다

나의 꿈은 하늘로 올라가
하얀 나비를 만난다.

불꽃놀이

반달 옆에 별 하나
그 아래 검은 밤들이
오늘도 서성이다 계단에 앉는다

두 다리는 구석 모퉁이에 자리잡고
눈빛은 허공을 뚫고 퍼져나간다

달 아래 별 하나
그 아래 꽃송이들
흩날리며 사라지면

너는 별처럼 터지고
내 마음은 꽃으로 피어난다.

빗소리

네 웃음이 하늘에서 내려와 다리가 되고
너는 그리움이란 이름으로 걸어간다
네가 걷는 그 발걸음에
오래전 불었던 낡은 피리 소리 들리고
모든 이야기는 다시 시작된다.

첫눈

우주를 떠도는 아픔이
너에게 모여 눈물이 되고

작은 상처 조각들
수없이 주문을 걸 때

마지막 남은 붉은 단풍잎 위
아이의 하얀 웃음으로 내려왔다

많은 별들이 모여
한 방울 눈물로 떨어진 것이
시작이었다

우리에게 내린 첫 순간을
선한 인연
첫눈이라 부른다.

꽃의 여름

여름비는 누구도 모를 그리움에
빈집 문간 사이로 밤새 사랑을 내린다

비 그친 여름 숲의 아카시아
바람 가득 흩뿌리며 사라지니

너의 여름과 나의 여름은
꽃의 여름이 된다.

시가 별들에게

작은 새가 파란 창문으로 전해준 편지
노란 우체통에 담긴 너의 이야기
햇살로 접은 종이배에 소중히 실어
밤하늘 사이로 떠나보낸다

별빛은 흩날리며
하늘마다 발자국을 남기고
꿈을 힘차게 저으니
은하수 다리는 점점 가까워진다

참으로 따뜻한 너의 웃음
나의 별들에게.

새벽 산책

그대가 그리운 날
새벽 산책을 한다
별도 하나둘 잠들어
조심스러운 발걸음

나팔꽃 줄기 따라
보고픈 마음
잠든 그대에게 간다

기도 소리 새벽종 울리고
햇살에 빠진 나뭇잎
그대 안부를 전할 때

호박꽃 뒤에 숨은
보라색 나팔꽃
진주빛 눈물 품은 채
조용히 아침을 열고 있다.

푸른 기차

내 마음을 지나가는 푸른 기차
바람에 흔들리는 회색 종소리를 들으며
낡은 손목시계는 창밖을 본다

손바닥 위에 빛나는 작은 등빛
사랑이 창문 밖에서 지켜보는 겨울 밤

익숙한 겨울 풍경은 시작되고
푸른 기차 위로 눈은 내린다.

따뜻한 그 겨울

아득함이 걸어와 내 손을 잡는다
주머니의 작은 솜털이 살랑인다
너는 지금 어떻게 지내고 있을까?

비가 내리는 겨울은
오지 않을 너를 기다리며
무거운 돌 하나 내려놓는다

비는 점이 되어 번져가고
가로등은 우산이 되어 멀어질 때
추억은 사다리를 타고 사라진다
따뜻한 그 겨울 퍼즐 조각을 맞추며.

특별한 선물

가만히 머물고 싶다
비에 젖은 날개는 잠시 접고
민들레 하얀 홀씨 타고

사소한 말과 행동들은
진지하고 버거운 숙제가 아니며
잦은 만남과 헤어짐은
민들레 솜털처럼 가볍다

머릿속의 먹구름
맑은 무지개로 떠
실타래로 엉킨 일상의 무게들은
어깨 위에서 내려온다

늘 그렇듯
마음으로 안아 준다
고맙다고 먼저 말해본다.

바람의 노래

하늘과 손잡고
나뭇잎 사이의
가슴 뭉클한 반짝임으로
그대를 마중하고 싶다

그대 가슴에
행복의 씨앗을 심어
꽃 한 송이 피어나길 기도한다

작은 어깨 위에서
가벼운 위로를 건네는
바람의 향기는
그대를 위한 노래

눈물로 피어난 그대여
스치는 그리움만으로
지나가는 바람 되어
그대 위한 꽃잎 편지 보내리.

3월의 그대에게

겨우내 햇살 품은 검은 꽃씨의 머리 위에
올해도 하얀 눈이 내립니다

봄에 떠난 친구가 잊지 말라고
안부를 전하려나 봅니다

까만 꽃씨가 하얀 꽃 피우면
꽃잎에 눌러 쓴 손편지를 전하겠지요

그 소식이 반가운 친구는
벚꽃으로 하얗게 내릴 것입니다

그때는 아마 3월의 봄
그리운 당신과 고마운 당신을 만나겠습니다.

• 그리운 데오필라 수녀님과 고마운 이해인 수녀님께

시가 별들에게

술술샘과 꼬마 시인들이 들려주는 마음의 노래

| 인 쇄 | 2018년 3월 26일
| 발 행 | 2018년 4월 03일

| 엮은이 | 김현경
| 펴낸이 | 노용제
| 펴낸곳 | 도서출판 한국문인

| 등 록 | 제2-5003호
| 주 소 | (04558) 서울특별시 중구 창경궁로1길 29
| 전 화 | 02-2272-8807
| 팩 스 | 02-2277-1350
| 이메일 | rossjw@hanmail.net
| 공급처 | 정은출판(02)2272-9280

정 가 12,000원
ISBN 978-89-93694-46-8 (03810)

* 저자와 협의하에 인지는 생략합니다.
* 잘못된 책은 바꾸어 드립니다.